DISCOURS

PRONONCÉS DANS LA SÉANCE PUBLIQUE

TENUE A L'INSTITUT

Par la Classe de la Langue et de la Littérature françoises,

LE MARDI 24 NOVEMBRE 1807,

POUR LA RÉCEPTION

DE

MM. LAUJON, RAYNOUARD, PICARD.

PRIX, 36 sous.

A PARIS,

Chez DEMONVILLE, IMPRIMEUR-LIBRAIRE, rue Christine, n°. 2.

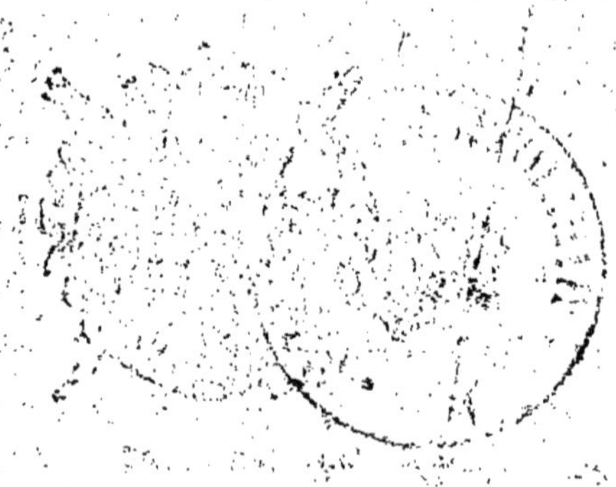

INSTITUT.

SÉANCE DU 24 NOVEMBRE 1807.

M. LAUJON ayant été élu à la place vacante par la mort de M. PORTALIS, a prononcé le Discours suivant :

MESSIEURS,

Mon ardeur à solliciter vos suffrages vous a prouvé que l'âge n'éteint pas en nous le désir de la gloire.

C'est dans cette gloire, que l'homme de lettres entrevoit le prix le plus flatteur, le plus éclatant de ses veilles; c'est cette gloire, qui, dès votre institution, Messieurs, devenue le plus bel apanage de votre illustre compagnie, la rendit dépositaire de tous les genres de poésie et d'éloquence;

C'est cette gloire, enfin, qui, dans le cœur d'un octogénaire, étouffant le sentiment intérieur de sa foiblesse, et ne cessant d'éblouir ses yeux par l'éclat qu'elle se plaît à répandre sur l'importance de vos travaux, le flatta de l'espoir d'être un jour admis à les partager.

S'il est plus d'un cœur qu'elle abuse, en est-il un qu'elle ne séduise? Un vieillard est aisément crédule, et principalement sur ce qui le flatte; on excuse plus facilement en lui les désirs indiscrets; le temps lui rend plus chers les momens qu'il achève de lui compter; il y avoit urgence.

J'osai donc me permettre mon dernier acte de témérité; oui, Messieurs, j'osai vous annoncer, en tremblant, le but ambitieux auquel j'aspirois. Quelle fut ma surprise et ma joie, de me voir accueilli par nombre des suffrages! Je touchois presque au moment d'atteindre à ce but si désiré; l'Indulgence avoit parlé pour moi; le Talent la fit taire, et prévalut.

M. Durau-Delamalle... (Pardon de réveiller, en le nommant, vos regrets de sa perte!) l'élégant traducteur de Tacite, l'homme célèbre qui nous fit le mieux connoître les beautés de cet illustre historien, me fut préféré; je m'y devois attendre; mais, ce dont j'étois loin de me flatter, il me laissa la douce consolation d'avoir soutenu la concurrence.

Cette heureuse rivalité, qui m'avoit fait voir de si près le bonheur, m'en avoit mieux fait sentir le prix; en relevant mon espoir et mon courage, elle servoit d'aliment à votre bienveillance, justifioit mes démarches, et m'offroit un titre que, dans la dernière lice qui s'est ouverte, je pouvois seul présenter à mes nombreux compétiteurs : si des succès plus brillans signaloient leur carrière, vous n'avez considéré dans la mienne, que l'avantage de les avoir précédés.

C'est à cette double considération, Messieurs, que j'étois redevable de vos premières faveurs; mais quoiqu'elles eussent revivifié mes foibles talens, quoiqu'elles les eussent même ennoblis à mes yeux, ces premières faveurs, dis-je, ne m'avoient encore servi que d'encouragement; les dernières, en m'élevant à la place glorieuse que j'ambitionnois, ne me laissent rien à désirer.

Jugez, Messieurs, combien je vous dois de reconnoissance! Mais qu'il est aisé de la sentir, et difficile de l'exprimer! Plus mon cœur en est rempli, moins il suppose à mon esprit l'art et la force de lui servir d'interprète, lui qui, suivant son essor sans guide, avoit toujours connu le besoin de trouver des modèles dans la société des vrais arbitres du goût; et vous savez, Messieurs, que je suis à peine admis à la communication de tant de lumières.

Présenté par vous, M. le Président, dont la plume exercée donne à tous les objets qu'elle trace les couleurs qui leur appartiennent; dont le style, tantôt simple, tantôt élevé, conserve toujours autant de pureté que d'harmonie; l'employez-vous aux *Études de la Nature*?

varié comme Elle, il fait mieux ressortir la diversité des tableaux qu'elle présente; peintre heureux de la *Simplicité*, de la *Candeur* et de la *Modestie*, vous n'eûtes besoin que de consulter votre cœur pour trouver vos modèles: ah! Monsieur, combien il m'eût été doux d'anticiper sur la jouissance que vous m'annoncez, et d'obtenir de vous, par mon attachement et ma déférence, des leçons d'un art familier à vos confrères et que vous contribuez à perpétuer dans vos assemblées, de cet art si précieux d'exprimer avec élégance et délicatesse les sentimens qui peuvent plus aisément pénétrer jusqu'à l'ame!

Faut-il encore, Messieurs, que, dénué de vos conseils salutaires, de vos leçons habituelles, appelé par un usage que m'eût prescrit mon cœur lui-même; faut-il, dis-je, que, pour mon début dans le genre oratoire, j'aie à célébrer la mémoire d'un confrère aussi respectable et non moins illustré par l'utilité de ses talens, que par la splendeur des dignités qui en furent la récompense! C'est vous désigner le digne Objet de vos regrets, mon illustre prédécesseur, M. Portalis, dont l'éloquence touchante produisit, avec tant d'art et d'intérêt l'éloge des talens héréditaires, attachés au beau nom de Seguier, qu'elle fit reconnoître tout-à-la-fois, dans le panégyriste, le collègue sensible et l'heureux imitateur de son modèle, M. Portalis, à qui j'ai l'honneur de succéder.

Quelle succession imposante, Messieurs ! Elle eût été pour moi d'un prix sans égal, si, m'abandonnant la place qu'il remplissoit parmi vous, il m'eût transmis les talens que vous honoriez en lui !.... Hélas ! pour me procurer la jouissance de ce legs honorable, il ne m'a laissé que la charge, très-décourageante, de célébrer dignement les rares qualités qui lui donnèrent tant de droits à l'estime générale.

Si je pouvois du moins me permettre le secours de ces fictions poétiques dont j'use peut-être un peu trop familièrement, j'oserois vous rappeler que les Muses se prêtent des secours mutuels ; que Celle de l'éloquence ne dédaigne pas d'assortir à la guirlande de lauriers réservée aux grands talens, les myrthes et les roses qu'elle emprunte de sa sœur, et que, dans leurs divins concerts, après la trompette éclatante de Clio, l'on entend, avec quelque plaisir, le luth harmonieux de Polymnie, et même la flûte pastorale d'Euterpe..... Mais écartons les fables ! la vérité brille d'Elle-même, et n'a besoin ici que d'être annoncée par le zèle ; il est de tout âge, Messieurs. Il servit en pareille occasion plus d'un de mes prédécesseurs ; me serviroit-il moins favorablement !.... Vous en allez juger.

M. Portalis, loin de prévoir les différentes

carrières qu'il auroit à parcourir, fut assez heureux pour se choisir, dès sa jeunesse, l'état où sembloient l'appeler ses dispositions naturelles.

Ambitieux de science, doué d'un caractère vif, d'une ame sensible et compâtissante, d'une ardeur immodérée pour le travail, il y joignoit, (et c'étoit peut-être son plus heureux appanage), l'esprit de conciliation, vrai présent céleste, nécessaire aux orateurs, fait pour éteindre les divisions, les haines, et pour allier le talent à la vertu. C'est de ce genre d'esprit, Messieurs, que je crois devoir me borner à vous faire appercevoir l'importance et les ressources, dans les emplois éminens, qui tour-à-tour contribuèrent à la haute réputation acquise aux vertus comme aux talens de M. Portalis.

Ce fut au sortir de ses études qu'il se livra tout entier à la connoissance la plus approfondie des lois.

Bientôt il se les rendit familières; bientôt, après avoir avec avidité pénétré dans leur labyrinthe obscur et tortueux, dont il devoit un jour concourir à rendre les sentiers moins épineux et plus sûrs, remarquable par la sagacité de son discernement, il annonça ses talens au parlement de Provence. Dès son début, il y marqua sa place dans les premiers rangs des jurisconsultes; ses talens l'y retinrent jusqu'au moment où les états de sa province le choisirent pour défenseur de leurs priviléges.

Mais quelque brillans que fussent de pareils succès, de plus éclatans encore l'attendoient à la tribune législative.

Ce fut là que, fier du titre de Représentant de la Nation, il fit de cette tribune, tant de fois avilie par le mensonge et l'artifice, celle de la justice et de la vérité.

Ce fut là que, surveillant et soutien des grands intérêts qui lui étoient confiés, il développa cette facilité prodigieuse d'élocution, cette éloquence persuasive, cet esprit de conciliation, si nécessaire, sur-tout alors, pour opérer un rapprochement desiré entre tant d'orateurs divisés d'opinions, et dont une apparence de zèle couvroit souvent l'égoïsme intérieur qui les éloignoit de l'unique but de leurs assemblées.

L'espoir de les ramener faisoit oublier sans cesse à M. Portalis, qu'à des yeux aveuglés par la jalousie, l'éminence des talens étoit un motif de proscription; il ne tarda pas à l'éprouver: victime de ses projets nobles et désintéressés, réduit à fuir, il se crut trop heureux de dérober à des ennemis jaloux le lieu de sa retraite, d'y vouer à l'oubli des talens si justement reconnus... Mais, pénétré moi-même de tout l'intérêt que semble vous inspirer la Vertu courageuse, aux prises avec l'Infortune, je dois me hâter de passer aux événemens à l'aide desquels, les talens divers de M. Portalis, de jour en jour plus utiles au bonheur public, s'annoncèrent avec tout leur éclat. J'arrive donc aux momens où les faveurs d'un ciel serein, en écartant les orages, nous offrirent dans les traits d'un jeune guerrier, un ange tutélaire, bienfaisant et consolateur.

Doué d'un caractère ferme et juste, d'un esprit réfléchi, de la plus grande aptitude aux sciences les plus abstraites, il avoit prévenu, par ses progrès, la maturité de l'âge : avec un extérieur simple et modeste, il joignoit à l'imagination la plus féconde et la plus vive, le génie le plus vaste et le plus profond; son goût le plus constant étoit l'amour de la gloire; son plaisir le plus attrayant étoit de chercher, dans les fastes de la Grèce et de Rome, l'art d'atteindre aux succès éclatans qui transmirent jusqu'à nous les noms fameux des grands hommes conquérans, politiques ou législateurs.

Nourrissant en lui le germe de tous les talens divers qui les illustrèrent, il sembloit pressentir que, pour s'immortaliser, de son vivant, il n'auroit pas besoin, comme Alexandre, de recourir à la foi des oracles.

Le conquérant de l'Asie étoit loin de croire qu'on pût un jour surpasser l'étendue et la rapidité de ses conquêtes : tant on a raison de dire, qu'il est des traits de toute vérité, quoique dénués de toute vraisemblance.

Déjà la Victoire avoit prédit et signalé les hautes destinées de Napoléon (car c'étoit lui-même ; peut-on s'y tromper ?) Aussi la Renommée et la Reconnoissance s'étoient-elles réunies pour inspirer à ses concitoyens l'heureuse pensée de le choisir pour l'arbitre de leurs destinées, jaloux de prévenir, par cet heureux choix, celui de l'Europe entière qui devoit un jour le reconnoître digne de présider aux siennes.

Bientôt ranimés par sa présence, les cœurs se rassurent ; les vertus se rapprochent ; les sciences, les arts déployent leurs ressources ; bientôt l'œil vigilant du vrai dépositaire de tous leurs secrets a pénétré dans les asiles obscurs où la crainte retenoit des hommes distingués par un mérite reconnu dans différens genres, et que le souvenir du bien qu'ils avoient fait rendoit fiers de leurs disgraces. Dans cette réunion d'amis de l'humanité, M. Portalis, aidé de cette vivacité d'esprit, de ces heureuses saillies familières au climat qui le vit naître, vrai philosophe, inspiroit souvent à ces compagnons d'infortune, cette gaîté franche, annonce la plus certaine d'une ame pure et d'une conscience sans reproche. Bientôt la bienfaisance de leur auguste libérateur les a rappelés aux fonctions analogues à l'éclat de leurs talens (et ce corps respectable s'en glorifie). M. Portalis, admis au Conseil d'Etat, est adjoint à plusieurs membres de l'Institut pour coopérer à la rédaction du Code immortel de nos lois. Tout présageoit à la France un heureux avenir, quand la Discorde, réduite à chercher loin de nous un asile à ses complots, court semer chez les peuples voisins les soupçons et la haine, rallume ses flambeaux, que nous l'avions forcée d'éteindre; prompte à corrompre nos Alliés les plus fidèles, les anime à se réunir contre nous aux Ennemis perpétuels de l'Europe entière. La France est encore attaquée; Napoléon, forcé d'acquérir de nouveaux titres de gloire, combat, poursuit et triomphe. Vainqueur généreux, animé du seul desir d'épargner le sang, il propose des moyens de réconciliation; la présomption et la haine s'y refusent; nouveaux combats; autant de victoires; et si multipliées, que la mémoire se perd dans le nombre. Oui, Messieurs, elle ne peut suffire à désigner leurs dates; mais qui de nous pourroit oublier celle où la paix, tant de fois éludée, conclue enfin sur les bords du Niémen par notre généreux Empereur, suspendit son habitude journalière de triomphes pour le rendre tout entier à celle de sa bienfaisance : bientôt sa présence a dissipé les trop justes alarmes de ses peuples; bientôt, environné de leurs transports d'amour et de joie, il s'est assuré par ses yeux de l'exécution des travaux qu'il avoit jugés nécessaires à la félicité de son empire : rien n'échappe à son œil pénétrant.

Dans les objets les plus chers à sa sollicitude paternelle, celui de la liberté des Cultes étoit de la plus haute importance. Nul de ses prédécesseurs n'en avoit conçu l'idée ; cette loi, d'un si grand intérêt pour toutes les classes de la société, étoit émanée de son ame, convaincue que l'art de concilier les esprits, étoit l'art le plus sûr de gagner et réunir les cœurs. Cet art si négligé depuis long-temps, Messieurs, étoit l'art familier à M. Portalis, dont il servoit et complétoit les divers talens ; aussi l'avoit-on choisi pour présider à l'exécution de la loi décrétée ; elle étoit donc alors en pleine vigueur ; tous les cultes étoient maintenus par l'activité vigilante de leur Ministre, dans les justes limites qui leur étoient assignées. Les citoyens, jusqu'alors divisés, connoissoient enfin les douceurs d'un rapprochement heureux. Désormais plus de rivalité que dans la reconnoissance ; elle est dans tous les cœurs, et s'annonçant avec le même éclat aux yeux du législateur, lui fait apprécier de plus en plus l'administrateur éloquent et sensible, dont le zèle et les grands talens avoient toujours si bien soutenu l'honneur de son choix : la décoration du grand-aigle de la légion d'honneur avoit été la digne récompense de tant de travaux utiles.

A ces glorieux motifs de satisfaction, il ajoutoit le titre de membre de ce véritable sanctuaire des sciences et des arts, dont la réunion lui représentoit une même famille, qui satisfaite de ne compter dans ses enfans que des émules unis de zèle, leur offroit à tous la grandeur de la France, pour but, et s'énorgueillissoit de les voir frayer avec une égale ardeur les routes différentes qui leur étoient désignées.

Mais on paye souvent bien cher les faveurs de la gloire. M. Portalis ne les dut qu'à ses travaux et ses veilles, dont l'excès lui coûta la perte de la vue. Quelle privation désolante, Messieurs, sur-tout quand on est époux et père! Son cœur en fut affecté; mais son courage n'en fut point abattu : entendoit-il sa femme et ses enfans gémir de son infortune? « Ne me » plaignez pas tant, leur disoit cet aimable vieil» lard. Si j'ai perdu la douce espérance de » vous voir, je n'ai jamais si bien senti le plai» sir de vous entendre; c'est une jouissance » dont je puis seul apprécier le charme; vos » embrassemens ne viennent-ils pas me cher» cher? Enfin si la nature me retire un de ses » bienfaits, la faveur se plait à m'en dédomma» ger ». Ce fut en effet, au milieu des distinctions les plus flatteuses et les mieux méritées, que le Temps inexorable enleva cet homme célèbre à leurs jouissances.

Il vous étoit réservé, Messieurs, de mettre

son nom, ses talens et ses vertus à l'abri de la faulx destructive ; et quand les Ministres des différens Cultes ont fait retentir leurs temples de ses éloges funèbres ; quand enfin, animé par le souvenir d'une confraternité glorieuse, le chef suprême du corps respectable des Jurisconsultes, de cet ordre si fécond en orateurs, nous a prouvé tout ce que la douleur la plus vive donne de force et d'énergie aux talens les plus reconnus, ils ont suppléé d'avance à la foiblesse des miens énervés par l'âge, et qui sous vos yeux attendent qu'une main plus exercée achève avec succès ce que je n'ai pu qu'ébaucher.

M. RAYNOUARD ayant été élu à la place vacante par la mort de M. Le Brun, a prononcé le Discours suivant :

Messieurs,

Lorsque je suis admis à l'honneur de me consacrer au culte des Muses, dans leur sanctuaire même, pardonnez-moi de m'enorgueillir d'avoir trouvé, dans votre bienveillance, de quoi suppléer à l'insuffisance de mes titres littéraires.

Cette fraternité glorieuse, cette association de travaux et de renommée auxquelles je n'aurois osé prétendre comme récompense, j'aime à les accepter comme encouragement. Sans doute vous avez jugé qu'il vous appartenoit de diriger mes foibles talens dans un art difficile que plusieurs d'entre vous ont cultivé et cultivent encore avec tant de succès.

J'hésiterois, Messieurs, à vous soumettre quelques idées sur cet art; mais puisque vos règlemens m'imposent l'obligation de traiter un

sujet littéraire, je considérerai la tragédie dans son influence sur l'esprit national.

Un Peuple de l'antiquité, jaloux du droit de se gouverner lui-même, attaché scrupuleusement à ses institutions religieuses et civiles, fier de la renommée de ses ancêtres, renommée qui formoit une partie du domaine de la gloire publique, les Athéniens aimèrent et protégèrent dans la tragédie l'art heureux et utile qui, tantôt mettoit en action les vertus et les exploits de leurs héros, honoroit et perpétuoit le souvenir des triomphes de la Grèce et d'Athènes, tantôt consacroit l'origine de leur Aréopage, de leurs traditions les plus chères, de leurs usages les plus sacrés, de leurs fêtes les plus solennelles.

Plus souvent la tragédie étaloit les crimes et les malheurs publics ou domestiques des anciennes dynasties; et les spectateurs goûtoient le plaisir orgueilleux d'accorder quelque pitié aux infortunes de ces familles royales, qui, sans cesse courbées sous le joug de la fatalité, sembloient expier devant eux la gloire et le droit de régner.

La rareté des spectacles réservés pour embellir et charmer les réunions de plusieurs peuples de la Grèce dans les murs d'Athènes, la solennité des concours poétiques, la pompe des représentations, la présence des magistrats qui présidoient au nom de la loi, tout concouroit à imprimer dans les cœurs l'amour de la patrie, l'exemple et l'émulation des vertus, le respect pour la gloire nationale. Heureuse cité où les amusemens publics enseignoient l'héroïsme!

Ainsi la représentation de la tragédie devint une institution politique, une fête de la patrie et de la religion, d'où les citoyens retournoient plus dévoués à la gloire et à la vertu, plus fiers de leur renommée et de leurs lois, quand ils s'étoient applaudis eux-mêmes, en couronnant le poëte qui avoit le mieux célébré la prééminence des Grecs sur les autres nations et celle des Athéniens sur les autres peuples de la Grèce.

Les Romains empruntèrent des Grecs presque tous les arts d'imitation. A Rome, la tragédie reproduisit servilement les sujets applaudis sur le théâtre d'Athènes. Dans le grand nombre de tragédies latines dont quelques fragmens sont parvenus jusqu'à nous, on regrette de ne trouver que deux pièces choisies dans l'histoire des beaux siècles de Rome, BRUTUS *l'ancien*, et DÉCIUS.

L'ami de Virgile et d'Horace, l'illustre consul Pollion, essaya d'offrir au peuple Romain le tableau du dévouement et de la gloire de ses défenseurs. Il choisit des sujets historiques dans une époque très-récente, et même, dit-on, la querelle de César et de Pompée; mais il est douteux qu'on ait représenté les tragédies de Pollion, si vantées par Virgile, et il est vraisemblable que le poëte consulaire céda aux avis prudens d'Horace qui lui disoit dans une Ode : *Tu marches sur des feux couverts d'une cendre trompeuse.*

Dans les temps qui suivirent le règne d'Auguste, les poëtes n'auroient plus eu la liberté de traiter des sujets nationaux. Emilius Scaurus, dans sa tragédie d'Atrée, avoit imité quelques vers d'Euripide qui fournirent le prétexte d'une dénonciation. Scaurus reçut l'ordre de mourir et s'y soumit avec courage. Tibère régnoit.

Bientôt ce peuple dégénéré dont les ayeux avoient porté le titre de Peuple-Roi, les habitans de Rome, accoutumés à n'applaudir que des mimes et des gladiateurs, et passionnés pour des spectacles vils ou cruels, ne méritèrent plus qu'on s'occupât de leur en offrir d'autres.

La tragédie n'eut donc à Rome aucune influence sur l'esprit national.

Vous ne serez pas surpris, Messieurs, si j'observe que quand les François imaginèrent la représentation des drames sacrés et des mystères, ils se rapprochèrent des intentions qui avoient guidé les poëtes grecs.

Oui, Messieurs, c'est peut-être faute d'avoir assez reconnu le caractère et le but du théâtre d'Athènes qu'on a pu trouver si étrange que nos poëtes aient représenté

> .... *Les Saints, la Vierge, et Dieu par piété.*
>
> Boileau, Art. Poét. chant III.

Ils offrirent à la vénération publique des chrétiens les héros de leur culte religieux, de même que les poëtes grecs avoient offert aux Athéniens l'histoire de leurs dieux et de leurs demi-dieux; et nos pères accourant à ces pieux spectacles, se retrouvoient dans leurs traditions religieuses, s'ils ne se retrouvoient pas dans leurs institutions politiques.

Les auteurs dramatiques sortirent enfin de ce cercle étroit et cherchèrent leurs sujets dans les romans et dans l'histoire. Mais on ne peut s'arrêter sur leurs essais et sur les ouvrages des poëtes des autres nations, que pour remarquer l'intervalle immense qui les sépare tous des chef-d'œuvres du GRAND CORNEILLE.

Ce seroit cependant être injuste que de ne pas admirer des traits nobles ou touchans, des situations intéressantes ou terribles, des caractères heureusement dessinés, des conceptions hardies dans les ouvrages de quelques auteurs espagnols, et sur-tout dans ceux de ce génie éminemment dramatique dont l'Angleterre se glorifie, et qui fut redevable d'une partie de sa renommée à la liberté d'exposer sur le théâtre l'histoire de la nation angloise.

Mais quel est le mérite de ces auteurs étrangers? Si nous applaudissons à des beautés de détail, nous accusons sans cesse le défaut d'ordonnance, d'ensemble et de proportion. Je crois voir çà et là, épars sans ordre et sans choix, quelques beaux ornemens d'architecture, quelques colonnes majestueuses. C'est Corneille, Corneille seul qui a relevé le temple de Melpomène.

A ce nom de Corneille, je ne rappellerai point, Messieurs, les discussions souvent élevées au sujet de la prééminence de ce grand poëte; mais permettez à mon respect pour son génie de supposer un instant, qu'il s'ouvrît entre toutes les nations un concours solennel pour déférer le sceptre littéraire à celle qui s'enorgueilliroit justement d'avoir produit le poëte le plus digne de le porter.

Les Grecs nommeroient Homère, les Latins, Virgile, les Italiens, le Tasse ou l'Arioste, les Anglois, Milton, et nous tous, oui, vous-mêmes qui savez admirer Racine.... Ah! dans le péril de notre gloire littéraire, un seul cri s'éleveroit, et ce cri vous le prononcez avec moi: Corneille.

Sous le despotisme de Richelieu, qui honoroit à la fois Corneille par des outrages et par des bienfaits, cet illustre poëte sentit qu'il ne pouvoit consacrer ses talens à peindre les héros de notre histoire, et célébrer la gloire nationale. Son génie s'exila de la France ; il chercha une nouvelle patrie ; il adopta Rome.

On juge, par quelques passages de la tragédie d'Attila, de tout ce que Corneille auroit pu faire pour exciter l'esprit public et l'honneur françois, s'il avoit choisi ses sujets dans nos annales.

Du moins, Corneille a traité les sujets romains, comme on auroit dû les traiter à Rome pour faire de la tragédie une institution politique et nationale, telle qu'elle l'avoit été chez les Athéniens.

Vous avez souvent remarqué, Messieurs, que nos trois plus grands poëtes tragiques ont d'abord reçu l'impulsion de leur siècle ; et l'ont ensuite propagée par leurs succès.

On admira dans Corneille la tragédie politique ou de caractère qui tenoit lieu de tragédie nationale, dans un temps où les intrigues de la cour, les grandes vues de Richelieu, les troubles récents de la France, avoient accoutumé tous les esprits à s'intéresser aux affaires d'état.

Racine, cédant aux prestiges d'une cour où la magnificence des plaisirs, l'exemple de LOUIS-LE-GRAND avoient ramené la délicatesse et la grâce de l'ancienne galanterie françoise, exprima les tourmens, l'abandon, les erreurs et les charmes de l'amour, dans une poésie enchanteresse qui semble avoir emprunté de l'amour même le don de plaire et de séduire : peintre toujours fidèle, poëte toujours inspiré, il fut assez heureux pour trouver dans son cœur et dans la simplicité de la nature, cette vérité de sentiment que les romanciers d'alors avoient cherchée en vain dans leur esprit et dans les combinaisons de l'art.

Voltaire, dans un siècle de lumières, proclama sur nos théâtres ces maximes d'humanité, de tolérance et de vertu, qui, dans tous les temps et dans tous les pays éclairés, honoreront la véritable philosophie.

Pour faire ressortir le contraste des passions, il fit aussi contraster les mœurs, les religions, les gouvernemens de tous les pays, de tous les peuples, de tous les siècles; et, par une savante distribution de couleurs locales, il rendit plus sensibles et plus évidens les grands principes de la morale publique.

Il avoit vengé notre littérature des revers des poëtes qui avoient échoué dans l'Epopée nationale; il eut encore la gloire de faire applaudir le premier sur notre scène des noms chéris ou respectés de tous les François.

La carrière étoit ouverte; De Belloi s'y lança. Le théâtre retentit encore des applaudissemens obtenus par ce poëte et par ceux d'entre vous, Messieurs, qui ont eu le courage et le talent de peindre de terribles ou malheureuses époques de notre histoire.

Il est permis de croire que le temps est venu de choisir de préférence dans nos traditions historiques les sujets de nos tragédies, d'offrir aux François sur nos théâtres des leçons héréditaires, des exemples domestiques de gloire et de vertu, et de ramener ainsi la tragédie à son institution honorable.

J'énonce avec confiance cette opinion déjà adoptée par le respectable écrivain qui préside cette séance. Il avoit fait un appel aux poëtes françois dans son ouvrage, où, sous un titre modeste, il a peint la nature et la vertu avec des couleurs pures et brillantes qui font chérir et honorer le tableau, le peintre et le modèle.

Quand nous célébrerons les héros des siècles passés, nous ne craindrons pas que la malignité nous accuse de faire la satire du siècle présent. Que dis-je? grâce au génie, au courage, aux triomphes des héros de nos jours, ces merveilles de l'antique honneur françois, ce dévouement sublime, ces exploits étonnans que la froide raison croyoit n'appartenir qu'aux romans de chevalerie, sont enfin rentrés dans le domaine de l'histoire.

Plus nous mettrons de hardiesse et de vérité à peindre les sentimens nobles et généreux, la bravoure intrépide et exaltée, l'honneur sévère des héros dont les grands noms et les hauts faits consacrent nos fastes depuis long-temps, plus les spectateurs, accoutumés aux prodiges de nos jours, seront empressés d'applaudir et d'imiter les exemples de l'héroïsme et de l'honneur.

Heureux ! si mes efforts, dirigés par vos conseils, pouvoient atteindre à ce but glorieux. Il faudroit un tel succès pour vous dédommager de la perte du poëte célèbre auquel je succède aujourd'hui.

En paroissant devant cette assemblée qui vient émettre les premiers suffrages de la postérité sur la tombe de M. Le Brun, j'aurois voulu apporter le recueil choisi des divers ouvrages qui ont établi sa renommée.

Mais puisque la mort a surpris M. Le Brun, occupé encore de juger lui-même ses titres de gloire, permettez que reprenant le cours de ses pensées et de ses projets, je circonscrive son patrimoine littéraire, tel qu'il auroit voulu sans doute le borner dans les dernières années de sa vie, sur lesquelles le Héros qui nous gouverne avoit répandu les honneurs et les bienfaits.

Je ne parlerai donc pas de quelques poésies qui, lors de leur publication, avoient acquis à M. Le Brun une double célébrité, et qui seront appréciées justement par l'âge futur, quand les amis des lettres auront toute l'impartialité et toute la sagesse nécessaires pour séparer des erreurs d'une grande révolution les ouvrages des hommes de talent qui ont eu la gloire ou le malheur de se dévouer à son succès.

Mais il ne faut pas attendre le jugement tardif de la postérité pour reconnoître combien M. Le Brun a excellé dans un genre de poésie où cependant la malignité du lecteur fait une partie du succès, où les applaudissemens ne sont pas toujours la mesure de l'estime, genre qu'on doit, ce me semble, peu cultiver, quand on considère que c'est le seul peut-être où l'envie pardonne d'obtenir une grande renommée. Ce n'est pas que je condamne sans réserve ces attaques et ces représailles littéraires que Racine et Rousseau n'ont pas dédaignées. Je sais qu'une épigramme n'est pas toujours une satire; j'avoue qu'il est quelquefois permis de venger la raison et le goût outragés, et de lancer le ridicule sur leurs ennemis audacieux; mais combien est-il plus noble de réfuter les clameurs de l'envie et de la haine par le seul courage du silence!

M. Le Brun avoit entrepris depuis long-temps deux poëmes, intitulés l'un : *De la Nature*, et l'autre : *La Veillée du Parnasse*. La publication de quelques fragmens avoit fait juger du talent de l'Auteur et lui avoit assuré une place distinguée auprès de nos grands poëtes. Que n'a-t-il achevé ces ouvrages! Ils auroient ajouté aux richesses et à la gloire de notre littérature.

Ce seroit rendre un digne hommage à la mémoire de M. Le Brun que de réciter aujourd'hui devant vous quelques beaux fragmens de ces poëmes. Votre admiration vous révéleroit toutes les beautés dont il auroit pu les enrichir, s'il les eût terminés, et nous rappelleroit à tous le souvenir de la pompe funèbre de Raphaël, où l'on exposa aux applaudissemens et aux regrets des assistans le chef-d'œuvre que la mort ne lui avoit pas laissé le temps d'achever.

Votre admiration ne sera point troublée de pareils regrets quand elle s'arrêtera sur les compositions lyriques de M. Le Brun ; un élan rapide, un enthousiasme soutenu, une imagination brillante, la pompe des images, la hardiesse des expressions, un rhytme cadencé, une harmonie variée, voilà ce qui caractérise ses plus belles odes.

Si un goût sévère blâme par fois l'usage trop fréquent des figures, l'incohérence de quelques images, plusieurs expressions hasardées et des mésalliances de mots, je crois ne devoir pas dissimuler ces reproches, en célébrant un poëte dont les chef-d'œuvres sont justement admirés, et dont les disciples formeront une école peut-être dangereuse pour l'art quand ils se permettront d'imiter les défauts brillans de leur modèle, sans avoir le talent d'égaler ses beautés hardies.

Ces beautés que je pourrois vous faire remarquer dans plusieurs odes, je les trouve presque toutes réunies dans l'ode adressée à Buffon contre ses détracteurs.

Que j'aime à voir un homme de lettres lutter de toute la force de son talent pour défendre et faire triompher le génie !

Le grand succès de cette ode prouva une vérité que je crois fondamentale, sur-tout pour les arts d'imagination ; c'est que toutes les fois que l'auteur est inspiré par un sentiment noble et généreux, il lui est plus facile de réussir, et que la vertu aide beaucoup au talent.

Cette ode passera à la postérité comme un monument honorable pour Buffon, pour le poëte, et pour les muses françoises.

Un style piquant, souvent gracieux et facile, caractérise assez généralement les épitres et les élégies de M. Le Brun qui a réuni plusieurs sortes de talens poétiques.

Les derniers accens de la lyre de M. Le Brun étoient un tribut de reconnoissance et d'admiration pour le héros de la France.

C'étoit sur-tout à notre illustre Lyrique de consacrer par ses chants quelqu'une des nombreuses merveilles du nouvel Empire.

Cette brillante exagération, qu'on reproche quelquefois aux pensées, aux images et aux expressions de M. Le Brun, auroit pu, dans un pareil sujet, tourner au profit de la vérité et devenir, pour le talent, un moyen de succès.

Le chantre de NAPOLÉON l'auroit représenté, d'après l'histoire, GRAND au-dessus des rois, tel qu'Homère, d'après la fable, a représenté Jupiter grand au-dessus des dieux, gouvernant l'Univers par l'autorité de sa pensée, toujours prêt à saisir de sa main toute-puissante l'une des extrémités de la chaîne des destins, si tous ses ennemis ensemble osoient s'attacher à l'autre, et toujours certain de les entraîner tous.

Heureux les poëtes, les orateurs et les artistes françois qui réussiroient à offrir au héros de la France un hommage digne d'elle et de lui! Mais ne le dissimulons pas, Messieurs, c'est à tous les talens, c'est à tous les arts de se réunir pour escorter jusques à la dernière postérité cette gloire immense qu'un seul homme a su acquérir, mais qu'un seul génie ne sauroit célébrer.

M. PICARD ayant été élu à la place vacante par la mort de M. Dureau-Delamalle, a prononcé le Discours suivant :

Messieurs,

Un usage qui remonte presqu'à la fondation de l'Académie françoise, impose pour premier devoir à celui qui prend place parmi vous, l'honorable tâche de remercier publiquement les juges dont il vient d'obtenir les suffrages. Ceux même que leur siècle, devançant la postérité, plaçoit déjà parmi les grands poëtes, les grands orateurs, les grands écrivains, ont tous commencé ces remercîmens publics par un aveu de la foiblesse de leurs talens ; il ne faut voir dans cet aveu ni une honteuse défiance de ses forces, ni une affectation mensongère de modestie : quel homme, quelque parfait qu'il se soit montré dans le genre de littérature auquel il s'est livré, peut ne pas se sentir foible, ne pas être sincèrement modeste en entrant dans ce temple de tous les talens ? Et combien cette conscience de notre foiblesse doit-elle encore plus faire entendre sa voix aujourd'hui, que, par la constitution de l'Institut, l'érudition, les sciences, les arts et les lettres ne forment plus qu'une seule et grande famille ; réunion glorieuse pour la France littéraire et savante, mais bien faite pour intimider le nouveau parent qui vient d'être adopté ! N'est-ce pas sur-tout pour moi, Messieurs, que cette épreuve de réception est vraiment effrayante ; moi, qui n'ayant cultivé qu'un seul art, ayant tourné toutes mes études vers la comédie, suis resté toujours étranger aux travaux qui vous ont tous illustrés ; mais l'indulgence qui valut quelque succès à mes comédies, la bienveillance dont tous vous daignez m'honorer, l'amitié dont plusieurs d'entre vous sont animés pour moi, m'inspirent un retour de confiance. L'indulgence, je l'espère, se doublera pour l'auteur comique transformé tout-à-coup en orateur, l'amitié me recommandant à la bienveillance laissera passer pour discours quelques phrases tracées sans prétention, sans formes oratoires, et s'il est vrai que toute éloquence parte du cœur, peut-être daignerez vous en apercevoir quelques légères traces dans les expressions franches d'une ame pénétrée de reconnoissance.

Vous venez d'entendre de la bouche d'un vieillard aimable et plein de goût l'éloge d'un orateur éloquent, d'un ministre habile et vertueux; de la bouche d'un poëte dont le premier ouvrage fut couronné par vous, dont le second obtint au théâtre un succès aussi brillant que mérité, l'éloge d'un autre poëte à qui ses contemporains avoient déjà décerné l'un des plus glorieux noms de l'antiquité; puissé-je en ranimant à mon tour vos regrets sur la perte d'un écrivain distingué, d'un traducteur aussi pur que fidèle, ne pas en exciter quelques-uns sur le choix que vous avez fait pour le remplacer.

Et c'est ici, Messieurs, que je dois peut-être me féliciter de la solennité même de cette séance consacrée à trois réceptions. Pressé par le temps, je ne puis m'étendre sur le mérite du genre qui plaça parmi vous M. Dureau-Delamalle; que pourrois-je vous dire que lui-même il n'eût déjà beaucoup mieux dit que moi. Deux ans sont à peine écoulés qu'à cette même place vous l'avez entendu dans son discours de réception vous tracer les études, les qualités qu'exige une traduction. Ce discours, ce traité sur l'art de traduire auroit suffi pour le placer au rang de nos bons écrivains, s'il n'eût déjà prouvé par sa traduction de Tacite, qu'il savoit pratiquer ce qu'il enseignoit, et si, dans cet ouvrage précieux, il ne se fût montré aussi exercé dans l'art de bien écrire, qu'habile dans celui de rendre fidèlement la pensée, la physionomie de l'auteur original. C'est dans son discours de réception que, développant en peu de mots le génie de plusieurs langues, leurs différences, les causes de ces différences attribuées à la variété des mœurs et des climats, il trace pour ainsi dire la route au traducteur; c'est dans sa traduction de Tacite que parcourant lui-même cette route en voyageur exprimenté, conservant avec soin le sens et l'intention, mais changeant avec art la tournure, la construction, parlant françois comme Tacite parle latin, il avoit mérité quelques droits peut-être au surnom du Tacite françois, comme son illustre et fidèle ami, poëte encore plus que traducteur, a conquis depuis long-temps le glorieux surnom du Virgile françois. Ainsi dans nos premières études, nos maîtres proscrivant tour-à-tour les gallicismes, les latinismes, nous recommandoient pour premier soin d'éviter que la langue traduite ne se mêlât à la langue dans laquelle nous traduisions. Avec quel intérêt, à la lecture de ces deux ouvrages de M. Dureau-Delamalle, me reportant au temps de ma jeunesse, me suis-je rappelé les leçons de l'homme estimable en qui je me fais gloire de reconnoître le premier auteur de mes succès, et qui joignant aussi l'exemple au précepte, a bien mérité de la littérature par son élégante traduction de Pline. Dans un si beau jour pour lui, Messieurs, vous ne blâmerez pas l'auteur des *Amis de collége* de vous parler avec reconnoissance de son professeur de rhétorique.

Quel espoir la traduction dont M. Dureau-Delamalle a enrichi la France, ne doit-elle pas donner pour le succès de celle de Salluste, de celle de Tite-Live qui tous deux comme historiens, et pour me servir de la véritable expression romaine, forment avec Tacite un heureux triumvirat. Précieux héritage qu'une œuvre posthume! Il mêle quelque douceur aux larmes des amis qui survivent. La certitude d'être encore utile dans la carrière qu'il a parcourue, console l'homme de lettres au moment où il descend dans la tombe, et lui-même il donne cette consolation aux amis qui l'entourent. M. Dureau-Delamalle laisse à la littérature un autre héritage dans un fils dont le talent s'est déjà fait remarquer. Puisse ainsi l'amour des lettres se transmettre d'âge en âge et devenir comme un patrimoine de famille. Qu'il continue ce fils, et chaque succès qu'il obtiendra lui rappellera vivement un père qui en auroit joui; c'est aujourd'hui sur-tout que je regrette le mien.

Vous le savez mieux que moi, vous qui eûtes le bonheur d'être les amis de M. Dureau-Delamalle; quelle source de touchans souvenirs ne laisse-t-il pas après lui? Il fut pendant bien des années l'appui, le consolateur, l'ami d'une épouse aveugle et infirme que sa perte laisse inconsolable; sa bienfaisance, même après sa mort, s'étend encore sur toute sa famille. Vous vous rappelez l'aménité de ses mœurs, la franchise de son caractère, son rare désintéressement; il avoit adopté une maxime qui pourroit sembler étrange aux hommes vulgaires, mais qu'il mit toujours en pratique et qu'il recommandoit à son fils, comme une des règles de conduite digne d'un véritable homme de lettres: « Mon fils, lui disoit-il, dans les affaires d'in» térêt, décide toujours contre toi. » Tels furent les principes, tels étoient les sentimens de M. Dureau-Delamalle. Et moi qui le connus à peine, pourrois-je oublier, dans un moment aussi solennel pour moi, que le premier jour où je le vis, où je me plus à deviner en lui une ame belle et profondément sensible, avoit aussi sa solennité. Une nombreuse députation de l'Institut, des parens désolés, des amis en pleurs accompagnoient vers son dernier asile la dépouille mortelle de mon ami Collin-Harleville. Le nom d'un ami que je pleure encore me fait souvenir qu'un de mes devoirs dans cette séance, seroit de traiter devant vous un sujet littéraire; qu'après vous avoir dit que je n'avois jamais cultivé qu'un seul art, c'est sur cet art que vous avez droit d'attendre mes réflexions: mais, plus foible encore dans la théorie que dans la pratique, je me bornerai à vous rappeler le véritable service que mon ami rendit à la comédie.

Dans le dix-septième siècle, un seul homme fit la gloire de la comédie ; mais il la fit si complète que son théâtre seul suffit pour nous assigner une immense supériorité sur ceux de toutes les autres nations. Vers la fin du siècle, dans les premières années de celui qui vient de finir, Regnard, Lesage, Dancourt, Dufresny, Brueys, encore, pour me servir de cette expression, dans l'atmosphère de Molière, conservèrent à la comédie sa vérité, sa franchise, sa couleur et sa gloire ; mais depuis, tandis que Voltaire, Montesquieu, Buffon, Rousseau, tant d'autres rendoient le siècle qui vient de s'écouler un digne héritier du siècle de Louis XIV, j'ose penser que la comédie s'égara trop souvent dans une fausse route. Les grands ouvrages de Destouches, deux chef-d'œuvres de style, la *Métromanie*, le *Méchant*, se distinguent dans cet intervalle ; quelques pièces de Marivaux et de Boissy, quelques traits, quelques situations de Lachaussée rappellent encore par fois ou le style, ou le but de la bonne comédie. Mais ne semble-t-il pas qu'en général les auteurs de ce temps ont trop oublié cet ancien précepte d'Aristote, qui commande pathétique dans la tragédie, ridicule dans la comédie ? A la franche peinture des mœurs, à la force comique, à la vérité du dialogue ne substituèrent-ils pas trop souvent des mœurs de convention, le persifflage et une prétention à la finesse qui approchoit de la manière ? Ce genre dégénéré avoit usurpé un grand crédit au moment où l'auteur de l'*Inconstant* parut : il mesura les obstacles, il eut le courage et le talent de les surmonter; la comédie revint au naturel; on rit de bon cœur de l'*Inconstant*; le *Vieux Célibataire* nous offrit des mœurs vraies, existantes, et comme dans le roman ingénieux de Lesage, Asmodée enlève le toit des maisons pour faire voir ce qui s'y passe, il semble que Collin, par un nouvel enchantement, n'ait fait qu'ôter l'un des quatre murs de l'appartement du vieillard, tant il met de vérité dans les scènes qu'il fait passer sous nos yeux !

Tes avis, tes secours ne lui furent pas inutiles, toi, mon autre ami, mon autre maître, aimable auteur des *Etourdis*, tu l'animas d'exemple et de conseils. Et moi, plus jeune, placé entre mes deux amis, j'essayai de mettre à profit leur double exemple, leurs doubles leçons. C'est à vous deux que je dois d'avoir eu au moins une intention de bonne comédie; c'est à vous que je dois d'avoir encore mieux aimé, encore mieux senti les chef-d'œuvres de Molière, de cet Hercule de la scène comique, objet de désespoir et d'admiration pour tous ceux qui osent se mêler d'écrire la comédie. Pourquoi l'impitoyable mort est-elle venu troubler sitôt notre douce société de travail et d'amitié ! C'est aujourd'hui que l'ame sensible et délicate de Collin jouiroit de voir le troisième ami placé parmi vous, Messieurs, et comme son cœur auroit partagé ma joie et ma reconnaissance en me voyant honoré des bienfaits du grand Monarque qui gouverne la France ! Ainsi donc, s'écrieroit-il avec moi, tant de batailles gagnées, tant d'immortels traités, les projets les plus sagement combinés, les plus fermement exécutés ne suffisent point à sa gloire. Aux noms de grand Capitaine, de généreux Pacificateur, de vigilant et paternel Administrateur, il veut unir constamment ceux de Protecteur et d'Ami des Lettres et des Arts. Dans tous les arts, dans toutes les sciences, dans tous les genres de littérature, les encouragemens, les récompenses, les distinctions flatteuses sont présentés au jeune homme qui commence sa carrière, prodigués à celui qui fournit encore glorieusement la sienne, assurés au vieillard qui a long-temps honoré sa patrie. Que dis-je ? l'homme de lettres voit encore dans la mémoire qu'il laisse de ses talens un précieux héritage pour sa famille ; l'auguste bienveillance qui le protégea pendant sa vie ne meurt point avec lui. Mais je crains, Messieurs, que ma juste et vive reconnoissance ne paroisse aller jusqu'à la témérité ; je m'arrête, averti par ma foiblesse. Ce n'est point à moi de tenter l'éloge d'une si haute renommée ; je laisse ce noble emploi à un digne orateur, à votre président : il se servira, pour un si riche tableau, des brillantes couleurs qui embellissent ses *Etudes de la Nature* et sa touchante histoire de *Paul et Virginie*. Il n'aura pas à craindre, comme moi, de rester trop au-dessous du sujet : c'est à un grand talent qu'il appartient de louer dignement un grand homme.

RÉPONSE
DE
M. BERNARDIN DE SAINT-PIERRE,
PRÉSIDANT LA SÉANCE,
Aux Discours de MM. Laujon, Raynouard et Picard.

Messieurs,

La classe de la littérature françoise a perdu trois de ses membres, dans l'espace de six semaines. J'avois alors l'honneur d'être son Président, et je me trouve obligé, en cette qualité, de déposer des couronnes funèbres sur les urnes de ceux qui ne sont plus, et des couronnes de fleurs sur la tête de ceux qui leur ont succédé. Ces fonctions opposées, ces devoirs des sociétés savantes, sont difficiles à remplir pour un homme qui n'a étudié que la nature; mais, vous venez de l'entendre, nos nouveaux confrères ont fait eux-mêmes l'éloge de ceux que nous regrettons, et leurs propres travaux, qui leur ont mérité l'adoption parmi nous, fournissent des fleurs abondantes qui ne nous laissent que l'embarras du choix. Cependant, borné par le temps, je serai forcé d'abréger de si vastes sujets : j'ai donc besoin, Messieurs, de votre indulgence. Quelles que soient les qualités et les talens que j'aimerois à célébrer, je ne dois, comme président de l'Académie Françoise, les considérer qu'autant qu'ils ont des rapports avec les lettres. Un discours de réception ne doit être ni une oraison funèbre, ni un panégyrique.

Le premier de nos confrères que la mort nous a enlevé est M. Portalis. Vous avez pu remarquer, dans le cours de sa carrière, que son successeur vient de nous tracer un caractère particulier qui fait, selon moi, le plus grand charme des sociétés, et sur-tout des sociétés littéraires; c'est l'esprit de conciliation. Les navigateurs sont souvent obligés de cotoyer des écueils sur la mer; mais les tempêtes des factions sont plus dangereuses que celles de l'Océan. S'il y a de l'habileté à éviter leur furie, il y en a une bien plus grande à en tirer parti. Ainsi le pilote expérimenté, jeté au milieu des rescifs, trouve dans leurs canaux tortueux un port assuré, où d'autres ont rencontré le naufrage. M. Portalis a conservé cet esprit de conciliation dans toutes les circonstances embarrassantes où il s'est trouvé. Mais où l'avoit-il puisé? Etoit-ce dans les discussions du barreau où il avoit débuté; à la tribune du conseil des anciens, au milieu des vociférations et des injures des divers partis; dans le ministère des cultes, parmi des intérêts sacrés, mais toujours opposés, des différentes communions? C'étoit sans doute à l'école des Muses, ces conciliatrices du genre humain. Voilà ce que l'Académie doit louer, et qu'elle regrettera toujours. D'ailleurs, le barreau, le conseil d'état, la synagogue, le temple et l'église, ne lui doivent pas moins des éloges, sous ce rapport même, puisque tous en ont recueilli les principaux avantages. . . . .

Pour vous, M. Laujon, vous avez été rempli du même esprit, et par cette qualité seule vous méritiez de le remplacer. Vous n'avez point vécu au sein de la révolution; elle n'en a pas moins renversé votre fortune, et elle ne l'a point relevée. Elle n'a eu aucun égard au bon usage que vous en aviez fait en faveur des gens de lettres. Cependant vous êtes resté fidèle aux Muses, et elles vous ont protégé. L'Opéra d'*Églé*, de *Sylvie*, l'*Amoureux de quinze ans*, et une foule de charmans ouvrages, vous ont mérité, dans l'ancien régime, de puissans protecteurs, dans celui-ci de nombreux amis, et en tout temps l'affection de la plus aimable moitié du genre humain. C'est peut-être à elle que vous devez le calme heureux dans lequel vous avez vécu. Les couronnes de roses préservent de la foudre encore plus sûrement que les couronnes de laurier. En vain des esprits moroses ont attaqué votre genre de gloire ; vous avez d'abord le rare mérite de ne leur avoir rien répondu. Mais pourquoi ce genre seroit-il inférieur aux autres, surtout chez des François ? La poésie n'a point produit, dans son origine, des odes, des tragédies, des poèmes épiques. En sortant du berceau, elle a commencé, comme un enfant, par des chansons. N'oublions pas que chez les Grecs, Anacréon fut aussi célèbre que Pindare. Soyez aussi notre Anacréon. Marchez encore long-temps et avec reconnoissance par le chemin qu'une Muse légère et facile vous a tracé, en vous donnant des amis, de la liberté, des jours longs et sereins ; au milieu des orages affreux de la politique, elle vous a fait parvenir, par la pente la plus douce, aux sommets les plus escarpés de la philosophie.

Le second confrère que la mort nous a enlevé, a été M. Le Brun. Il a fréquenté, non les vallons du Parnasse, mais ses rochers les plus élevés. Le fond de son caractère étoit la mélancolie ; elle dégénère quelquefois en misanthropie : c'est à elle qu'il faut attribuer les épigrammes qu'il a lancées quelquefois contre ses ennemis. Mais quand la mélancolie se combine avec la poésie, elle lui fait prendre le plus grand essor. Tantôt Le Brun s'élève comme Pindare jusque dans les nues ; il célèbre la patrie, la victoire, les héros, la vertu, et fait entendre des chants sublimes qui semblent venir du ciel; tantôt son génie l'emporte par l'audace des expressions, au-delà même des limites du langage. Horace, un de de ses modèles, est encore plus hardi; car il coupe quelquefois un mot en deux, et de ces deux moitiés, il fait la fin d'un vers et le commencement du vers suivant. Je ne cite pas cet exemple comme une autorité. Il faut imiter les beautés des grands poëtes, et éviter leurs licences.

Au reste, M. Raynouard, je n'ai rien à ajouter à l'éloge que vous venez de faire de votre prédécesseur. On y reconnoît l'homme sensible aux grands talens, et indulgent pour les défauts. La vertu respire dans vos compositions. On vous doit, comme à M. Laujon, la louange de n'avoir jamais répondu aux épigrammes et aux satires. Vous avez débuté auprès de nous par un triomphe. *Socrate au temple d'Aglaure*, est un tableau ordonné comme ceux du Poussin. Votre tragédie des *Templiers* appelle au tribunal des nations la cupidité d'un Roi de France et celle d'un Souverain Pontife, comme le Grand-Maître de cet ordre infortuné avoit appelé lui-même ces illustres criminels au tribunal de Dieu. Ce drame, vengeur de l'humanité, vous a ouvert les portes de l'Académie. Dans le Discours que vous venez de prononcer, vous avez montré l'influence du théâtre chez les Grecs, qui ne choisissoient jamais que des sujets nationaux pour inspirer l'amour de la vertu. Il apparte-noit à l'auteur des *Templiers* de faire le même vœu pour nos théâtres, et de nous en donner à la fois le précepte et l'exemple. Si vous conti-nuez à marcher dans la même route, vous méri-terez le nom de Poëte de la Patrie.

Le troisième confrère que nous regrettons, est M. Dureau-Delamalle. Né à Saint-Domingue, dès l'âge de cinq ans, il fut amené en France, où il a fait ses études. Presque ruiné par la ré-volution de son pays, et d'une mauvaise santé, il avoit acquis, des débris de sa fortune, une petite terre, où il passoit la meilleure partie de sa vie entre Tacite, Tite-Live, Salluste et Va-lerius-Flaccus. La traduction du premier écri-vain lui avoit valu une place parmi nous, et celle des autres, encore inédites, suffiroit, dit-on, pour en mériter une seconde à son fils qui y a beaucoup coopéré. Sa famille ne se bornoit pas à lui; malgré la médiocrité de sa fortune, il avoit en quelque sorte adopté les enfans malheu-reux de son village. C'étoit un sage qui n'a ja-mais demandé aucune place à la faveur, content de faire un peu de bien et de vivre aux champs, avec les livres des philosophes de l'antiquité.

Votre prédécesseur, M. Picard, nous avoit été annoncé par la voix tardive et solitaire des livres et des savans, vous l'avez été par la voix publique et par la plus éclatante de toutes, celle du théâtre. Votre gaieté, votre ardeur, votre jeunesse, tout contraste en vous avec celui auquel vous succédez. Il y a loin, sans doute, des crimes des Romains aux ridicules des François. Mais l'Apollon, qui vous a appelé parmi nous, aime à s'entourer de Muses de différens caractères. Il ne fait pas moins de cas de la joyeuse Thalie que de la tragique Melpomène. D'ailleurs, vous avez des qualités, plus précieuses encore que les talens, qui vous sont communes avec M. Dureau-Delamalle; ce sont celles du cœur. Vous venez de les manifester dans la vive reconnoissance que vous conservez pour votre respectable instituteur, et dans les tendres souvenirs d'un ami que nous regrettons avec vous.

A la perte que nous avons faite de trois de nos confrères, nous pouvons encore joindre celle de trois candidats qui ambitionnoient l'honneur de les remplacer. Ils sont morts à-peu-près dans l'intervalle des élections. Tous étoient recommandables, au moins par de longs travaux; c'étoient MM. Gin, Blin de Saint-Maur et d'Hauteville. Ainsi, de quelque point que les hommes partent à leur naissance, quelque route qu'ils prennent pendant leur vie vers la fortune, la gloire, le repos, ils arrivent tous à la mort.

Je ne m'arrêterai pas davantage sur les tombeaux. Ces sujets sont, sans doute, susceptibles d'une sombre éloquence et d'impressions profondes; mais ils ne produisent de grands effets que sur les esprits foibles et dans la bouche de ceux qui ont intérêt de les effrayer. Pour un philosophe, la mort n'est que la fin du jour de la vie; et lorsque dans le cours de la sienne et des maux que les hommes se font les uns aux autres, il a vu par-tout une Providence couvrir la terre de bienfaits, il ne peut douter que la mort n'en soit le dernier.

Je croirois donc manquer à ceux qui m'écoutent dans ce temple de la philosophie, si je déclamois contre cette commune loi. Elle est le terme des longs chagrins, des douleurs cruelles, d'une vieillesse caduque; et quand nous aurions vécu toujous contens de notre sort, elle est indispensable au rénouvellement des générations.

Si la philosophie est nécessaire pour nous apprendre à mourir, elle l'est encore davantage pour nous apprendre à vivre. Figurez-vous cette multitude innombrable d'hommes qui couvrent notre globe, et dont il ne restera peut-être pas un seul dans un siècle; songez au nombre infini de préjugés et d'erreurs qui les troublent en particulier et qui divisent leurs familles, leurs nations, leurs religions. Ne diriez-vous pas qu'ils voyagent au milieu d'une nuit obscure, se heurtant, se renversant, se brisant naturellement, sans avoir aucune route assurée? Cependant Dieu a donné à chacun d'eux pour le conduire une étincelle de philosophie, c'est-à-dire, suivant la définition de ce nom, un premier germe de l'amour de la sagesse. C'est ce goût du cœur, ce sentiment de la vérité, cette lumière de l'esprit, qui accompagne tout homme à sa naissance, se développe dans l'âge des passions pour les gouverner, et sans doute à la mort va se rejoindre à la source d'où elle est descendue. Les animaux n'y ont point de part : chacun d'eux, soumis à une passion dominante, y trouve un instinct qui le gouverne et compose toute sa raison; mais l'homme, réunissant à la fois toutes leurs passions et toutes leurs jouissances, a eu besoin d'une raison céleste qui en fût la dominatrice, et sans laquelle il en seroit tour-à-tour, ou le jouet, ou la victime.

La philosophie est donc un reflet de la raison divine. Elle est la mère de toutes les vertus, comme elle est la source de toute intelligence. Elle porte en elle le sentiment de la divinité; c'est elle qui l'a manifestée aux hommes; c'est d'après les lois physiques et morales de la nature qu'elle a inventé les sciences et les arts, qui fournissent, de concert avec la nature même, à nos besoins et à nos plaisirs. Elle est la Providence des sociétés humaines, comme celle dont elle est l'image est la Providence de l'Univers. Celui qu'elle inspire est autant au-dessus des hommes vulgaires, qu'un homme vulgaire est au-dessus des animaux. Cependant aucun état de la vie ne lui est étranger. Elle n'adopte et ne rejette aucun costume, aucun culte, aucun peuple. Elle vit en solitude et en société, dans les monastères et dans les armées, elle a porté des fers avec Épictecte, et s'est assise sur le trône avec Marc-Aurèle.

Voulez-vous juger de ses effets, jetez un coup d'œil sur les diverses classes de cet Institut. Chacune de leurs sections est occupée de ce que la philosophie a produit de plus agréable et de plus utile aux hommes : les unes observent les effets des météores; d'autres s'occupent de l'extraction des métaux; d'autres perfectionnent l'agriculture, l'art vétérinaire. Les unes élèvent des monumens sur la terre; d'autres osent mesurer les cieux. Toutes sont occupées des élémens des sciences et des arts qui fécondent nos campagnes ou embellissent nos villes. Sans doute les besoins mutuels des hommes leur inspirèrent ces recherches de bonne heure; mais ce fut la philosophie qui leur donna les moyens d'y atteindre. Elle fit beaucoup plus pour eux quand elle les rassembla en nombreuses sociétés par la plus sublime des inventions, celle de la parole.

En effet, un géomètre peut se faire entendre d'un autre géomètre par des figures, des équations, des formules; le chimiste du chimiste, par des analyses; le musicien du musicien, par des sons; les autres arts par l'imitation des objets naturels. Mais la parole se fait entendre de tous les hommes, sans distinction. Elle parle directement à leur esprit et à leur cœur. Elle exprime sans matière, sans figures, sans couleurs, non-seulement tout ce que les sciences et les arts ont inventé, mais les aperçus les plus étendus de l'esprit et les sentimens les plus intimes du cœur. Elle donne des lois aux nations, et quoique leur langage varie chez toutes par les distances des lieux et les révolutions des siècles, elle les rapproche et les réunit par les principes constans de la grammaire naturelle. Enfin, par l'empire qu'elle exerce sur tout le genre humain, vous reconnoissez qu'elle est descendue de cette parole divine qui, dans l'origine, créa le monde.

Les animaux n'ont pour interprètes de leurs passions que des murmures, des cris, des rugissemens, des soupirs, des sons inarticulés, et il est très-remarquable que ce sont précisément les mêmes voix que celles des passions qui nous agitent; mais la philosophie en inventa d'autres pour la raison humaine qui devoit les gouverner. Elle mit le comble à ses bienfaits, quand elle fixa la parole et la rendit visible et permanente par l'écriture. De là, naquirent les belles-lettres, et les noms de philosophe et d'homme de lettres devinrent synonimes ; l'effet se prenant pour la cause et la cause pour l'effet.

Ce fut alors que la philosophie circula au milieu des siècles et des nations, et qu'un homme dénué de toutes lumières dans un pays barbare, ou aveuglé de préjugés dans un pays civilisé, put fortifier sa raison de la raison des sages de toute la terre et de tous les temps. Ce fut alors que la philosophie elle-même s'enrichissant des découvertes des sages et des harmonies de la nature, dont elle devint le plus fidèle interprète, produisit l'éloquence avec tous ses charmes. Ainsi une multitude de ruisseaux épars réunissant leurs eaux, forme un grand fleuve dont le cours majestueux porte au sein des empires le commerce et l'abondance, en reflétant sur ses bords la verdure des campagnes, les monumens des cités et l'azur des cieux.

C'est donc la philosophie qui civilise le genre humain par l'entremise des lettres. Il faut, dit-on, cent ans à la nature pour perfectionner un chêne? Combien en emploie-t-elle pour mener à sa perfection, un homme, une tribu, une nation? Pour nous en former une idée, figurons-nous notre patrie, aujourd'hui si florissante, lorsqu'elle n'avoit point encore de nom, et qu'on n'y voyoit que des hordes errantes de sauvages gouvernés par des Druides. Sans doute, quelques lueurs de philosophie apparurent dans les écoles de ces premiers législateurs ; mais leurs sacrifices d'hommes, les droits de vie et de mort des pères sur leurs enfans, des maris sur leurs femmes, un langage barbare comme les mœurs, prouvent que les Druides régnoient par la terreur sur les Gaulois, et opposoient la superstition à leurs brigandages. Suivez les progrès de la civilisation chez nos ancêtres, lorsque César en fit la conquête, abolit le Druidisme, et introduisit parmi eux quelques élémens de la philosophie des Grecs qui illustroient déjà Marseille. Voyez ensuite les Francs renverser la puissance des Romains, donner le nom de France aux Gaules et y établir la religion chrétienne. Sa morale sublime y fit peu de progrès, si on en juge par les crimes de son premier roi et les guerres perpétuelles de sa nation. Quelques siècles après, Charlemagne paroît; ce grand monarque fonde des écoles et même une académie; il fait quelques lois qui ont passé jusqu'à nous. Mais le massacre des Saxons, qui refufusoient d'embrasser sa religion, prouve que la philosophie n'avoit encore jeté sous son empire que de foibles racines. Ce ne fut que sous François Ier. qu'elle étendit ses rameaux et fit éclore ses premiers boutons. Il en fut redevable à la culture des muses italiennes, auxquelles ce prince avoit donné un asile. En effet, sous les règnes suivans on vit paroître Malherbe, le père de la poésie, et Montagne, le père de la philosophie. Enfin, sous Louis XIV la littérature et sur-tout la poésie, brillèrent de tout leur éclat.

Qu'on ne dise point que les belles-lettres ont dégénéré dans le siècle qui vient de s'écouler. Autant il y a eu de degrés d'amélioration en lumières, en morale, en religion, depuis Clovis jusqu'à Louis XIV, et depuis les Druides jusqu'à Fénélon, autant et peut-être plus les destinées en réservent à notre postérité jusqu'à ce que la philosophie y soit parvenue à son dernier terme, si cette fille du ciel peut en avoir un sur la terre.

Permettez-moi, Messieurs, de vous présenter ici en peu de mots quelques aperçus de ses progrès présens et futurs. Je n'abuserai pas de votre attention. Je considère la poésie comme la fleur de la littérature, ainsi que j'ai considéré la littérature elle-même comme la plus sublime production de la philosophie. C'est par la poésie que les peuples les plus sauvages commencèrent à polir leur langage. Ils en revêtirent les maximes des sages, les premières lois de la morale, et les prières adressées aux dieux. Ils imaginèrent la rime comme un moyen facile de les retenir par le retour des mêmes sons. La poésie employa encore ces mêmes consonnances, non pour le plaisir de vaincre une difficulté, mais pour produire une harmonie et en revêtir une pensée, à l'exemple de la nature qui compose les corps qu'elle organise de deux moitiés semblables et fraternelles. Elle y introduisit bientôt des contrastes pour faire ressortir les consonnances, et joignit des rimes féminines aux rimes masculines, comme la nature même qui a formé d'harmonies fraternelles et d'harmonies conjugales ses plus charmans ouvrages. Mais quand la philosophie se fut étendue à tous les besoins de la société, elle chercha à se délivrer des entraves de la poésie, et elle choisit un style plus naturel et plus facile pour exprimer toutes ses conceptions. Elle perfectionna alors la prose et sans l'assujétir aux lois sonores de la rime, elle l'enrichit de toutes les beautés de l'éloquence. Ainsi la prose naquit de la poésie, pour ainsi dire, comme un fruit utile naît de la fleur éclatante qui l'a fécondé.

Le siècle des grands poëtes a donc précédé par-tout le siècle des grands orateurs. Sous Louis XIV, on vit paroître d'abord Corneille, Racine, Boileau, Molière, J.-B. Rousseau, Quinault, la Fontaine, et quelques orateurs, Pascal, Bossuet, Fénélon, la Bruyère. Mais le siècle suivant a produit Montesquieu, Voltaire, Jean-Jacques, Massillon, Buffon, qui ont mis dans leur style tout le charme des poëtes du siècle précédent, et qui en ont surpassé peut-être les orateurs par l'étendue et la profondeur de leurs recherches. Il a eu aussi ses grands poëtes, tels que Crébillon et plusieurs autres que je ne peux citer, parce qu'ils sont vivans. Il en fut à-peu-près de même du siècle d'Auguste. Après Horace, Pollion, Virgile, Ovide, Properce, Catulle, parurent en écrivains philosophes, les deux Pline, les Sénèque, Plutarque, etc. Ainsi, dans le siècle de Périclès, Sophocle, Euripide, Eschine, avoient précédé les philosophes sortis de l'école de Socrate, dont les principaux furent Antisthène, Platon, Xénophon. Ce n'est pas que dans ces différens siècles, quelques écrivains ne se soient distingués à la fois par leurs talens en vers et en prose; tel a été Voltaire parmi nous. Mais ce sont des arbres privilégiés qui, dans un heureux climat, portent à la fois des fleurs et des fruits.

C'est donc à la prose que la philosophie a dû ses plus grands progrès. Voyez les charmes que dans le dernier siècle, elle a répandu par ses écrits sur la nature même, presque méconnue avant son règne. Quel essor elle a donné à l'industrie, au commerce, aux nouvelles découvertes, à l'agriculture! C'est à ses recherches que nos vergers et nos prairies doivent les fruits et les graminées de l'Asie, et nos parcs les ombrages de l'Amérique. Elle a naturalisé dans le

Nouveau-Monde les moissons et les troupeaux de l'Europe ; elle a opéré de plus grands perfectionnemens dans les mœurs des nations. Et comme elle avoit aboli en France l'esclavage, conservé si religieusement pendant tant de siècles, elle a, de nos jours, adouci les religions et le despotisme du Nord et de l'Orient ; elle a fondé des républiques évangéliques et florissantes sur les terres des Cannibales. Enfin, elle auroit déjà fait germer les semences de la civilisation et du bonheur dans le sein même de l'Afrique, si les lettres en avoient préparé le terrain.

Comment donc peut-on dire que la philosophie, qui fait le bonheur du genre humain, a produit nos malheurs dans la révolution ; et, par une contradiction non moins étrange, que les lettres, si puissantes aujourd'hui, ont déchu depuis Louis XIV. Ce sont les passions avides de pouvoir, de fortune, de vengeance ; peut-être aussi cette éducation ambitieuse, ce besoin d'être le premier, inspiré aux enfans illettrés du peuple qui ont renversé le trône, les autels et les Académies même. Comment auroient-elles respecté les lois de la société, elles qui avoient méconnu les lois de la nature ? Ne sont-ce pas ces ambitions effrénées qui ont enlevé à la philosophie même plusieurs bons esprits, qui se sont précipités dans la révolution, ou par amour de l'intérêt public, ou peut-être de leur intérêt particulier.

La France n'étoit plus éclairée que par de fausses lumières. Toute philosophie avoit disparu. Tel est notre pôle, abandonné du soleil, lorsqu'une aurore boréale, toujours expirante, ne peut plus y enfanter le jour, et n'annonce à la nuit que de nouvelles nuits : ses rayons, décolorés et tremblans, n'y laissent entrevoir qu'un océan de glace, et ne montre sur ses rivages d'autres êtres vivans que des renards arctiques acharnés sur des cadavres.

Où étiez-vous alors, filles chéries de la philosophie, Muses françoises! Quelle sombre forêt, quelle grotte caverneuse vous tenoit cachées? Calomniées et proscrites par des hommes sans lettres, sans foi et sans frein, nulle chaumière en France, nul palais en Europe, eût osé vous offrir un asile. Ah! vous en eussiez trouvé sans doute loin de nous, à l'ombre des lauriers de Virgile; mais ils ne fleurissoient pas encore sous les lois de Joseph Bonaparte. Cependant, errantes çà et là, vous n'avez point abandonné votre patrie; vos anciens écrits consoloient des malheureux, fortifioient des citoyens, et ceux que vous avez inspirés dans cet Institut même, ont paru sur les échafauds avec le courage des Socrate et des Aristide.

Enfin, le Ciel nous envoya un libérateur.

Ainsi l'aigle s'élance au milieu des orages; en vain les autans le repoussent et font reployer ses ailes, il accroît sa force de leur furie, et s'élevant au haut des airs, il s'avance dans l'axe de la tempête, à la faveur même des vents contraires. Tel apparut aux regards de l'Europe conjurée cet homme dont la vertu s'accroît par les obstacles, ce héros philosophe, organisé pour l'empire. Il vole d'abord au midi, la foudre dans la main et le caducée dans l'autre. Il s'élève au-dessus des trônes et répare les injures faites aux nations; bientôt il plane sur l'Egypte, et joignant à la terreur de ses armes les bienfaits de la philosophie, il fonde un Institut dans l'antique royaume des Pharaons, redevenu barbare. Il revole vers la France alarmée, il en relève le trône pour la gouverner, et y joint celui de l'Italie pour l'affermir. Il rétablit en même temps l'Académie françoise, pour rendre aux Muses leurs anciens asiles et joindre la gloire des lettres à celle des armes. La France n'étoit alors défendue sur ses frontières que par des villes fortifiées, il l'entoure d'une confédération de nouveaux royaumes qu'il a créés. En vain l'ourse boréale s'en irrite, et toute hérissée de frimats vomit contre lui les météores des plus affreux hivers, il accourt vers elle, et renverse tour-à-tour trois puissans Souverains qui en défendoient les barrières. Mais, comme s'il n'eût couru que dans une lice d'honneur, il les relève tour-à-tour, et leur offre la paix et son alliance. Enfin, le plus puissant d'entre eux, dont on avoit voulu faire le plus implacable de ses ennemis, vaincu par sa générosité, devient le premier de ses alliés.

O toi qui projettes en sage, et exécutes en héros, sois l'amour des humains, mets ta gloire dans leur bonheur! Sans doute une grande renommée t'est déjà acquise. Toutes les classes de l'Institut te célébreront à l'envi. La géographie décrira les régions que tu as parcourues; l'histoire célébrera tes conquêtes, tes victoires, tes traités au-dehors, ton administration au-dedans; les arts diront les monumens que tu as élevés à Apollon, à Minerve, au redoutable Dieu de la guerre. Mais lorsque le bruit des canons annoncera à la capitale le retour de tes phalanges invincibles, que des foules de jeunes épouses et de filles, couronnées de fleurs, se précipiteront dans les rangs de tes soldats couverts de lauriers pour y embrasser des pères et des époux qu'elles croyoient perdus; qu'élevant leurs bras et leurs couronnes de fleurs vers ton char de triomphe, elles t'environneront des danses et des chants de la reconnoissance et de la joie, c'est alors que les Muses françoises, s'élevant vers la postérité, chanteront la paix que tu auras donnée au monde.

O vous que nous venons d'admettre dans leur sein, et vous aussi candidats futurs qui aspirez à ce dernier asile de la philosophie, qui devez un jour jeter quelques feuilles de cyprès sur nos humbles tertres comme nous en avons jeté sur ceux de vos prédécesseurs ! Ah ! vous les rendrez illustres, si vous y joignez quelques rameaux des oliviers qui couronnent sa tête, car nous avons eu aussi part à ses bienfaits ! Mais dès à présent, célébrez de grandes destinées ; représentez la France, naguères humiliée et malheureuse, s'élevant au plus haut degré de splendeur et de prospérité par les soins de Napoléon.

www.ingramcontent.com/pod-product-compliance
Ingram Content Group UK Ltd.
Pitfield, Milton Keynes, MK11 3LW, UK
UKHW020330220726
13923UKWH00003B/1487

9 782019 300920